八月の宮殿

根本恵子

文芸社

目次

八月の宮殿

誕生日―その日が来るまで―

ぼくは今、門の前にいる。それが茨《いばら》でできた門なのか、さびついた鉄のかたまりの門なのか、それとも乙女の白い腕がしんなりからんだ門なのかはわからない。ただ、ぼくの足が千分の三ミリ動いたとたん、心のすみで安心しきって眠っていたティンカーベルが叫ぶ。ダークグレーの瞳を見開いて叫ぶ。

「おお、行かないで！」

もう、幕はおろされた。観客たちが待っている。けれど、ぼくはシルクハットをほうりだし、ティンカーベルの半分やぶれた羽にぶらさがって飛んでいく。

門の鍵がキラキラ落ちて、ざわめきの中で見えなくなる。ぼくは一度だけ、霧にかくれはじめた門をふりかえって、こうつぶやく。

「あばよ。こんどもそっちの負けさ」

サッと日の光がぼくの頬をなでる。ああ、ぼくの髪はまだ金色だ。

「起きて、さあ、起きなさい」

夢からさめる時は、いつも思う。

「ああ、これで、また英雄になりそこねたさ」

しかし、夕べの夢はひどく寒かった。それで風邪をひいたのかしら。半音、ぼくの
声が低くなっている。だけど、そんなことは気にしない。

昼下がりに生まれた子は幸せ
ラズベリーケーキとレモンティー持って
秘密の迷い道ににげこもう
昨日《きのう》もいらない、明日もいらない
今日の今日の真んまん中
そこで、ぼくは敬けんに祈る

ケーキをもう一つ、おかわりってね
　　　　　　　　　　ラララ……

でたらめな鼻歌に母さんの声がとびかかる。

「ぐずぐずしていると本当にお昼になっちゃうわ。まったく、もう。子どもじゃないんだから」

おや、昨日口ごたえした時には、まだ子どものくせにと言ったのは、いったいどちらさん？

そんなことより出かけよう。森をぬけ、丘にのぼり、草原にねころぶ。

ああ、空が青い。聞こえるのは小鳥の歌声だけだ。洋服も肌も青く染まってしまいそうだ。ふうっと空の色にまぎれて、心がどんどんすいこまれて空の一部分になってしまったみたいだ。

あんまりきれいすぎて……悲しいみたい。

こうしちゃいられない。一日はとても短《みじか》いのだから。気まぐれな魔女が時をとめてくれないものかな。

色とりどりの花があるのは何のためだろう。日の光が心地よく感じられるのはなぜだろう。もの知り顔の偉い博士が一生かかっても、そのわけを論文に書けないだろう。だけど、ぼくたちは知っているよ。そんなことにわけなどいらないってことを。

さて、あそこに見えるほったて小屋に、ぼくの友人、ガラ老人が住んでいる。本当の名前は知らない。しわがれ声だから、そうつけたんだ。ぼくのカンだともう百年近くも生きているかな。だけど他の大人とちがって子どもの気持ちをとてもわかってくれている。

そして、ぼくはこの老人の少し不思議めいた話を聞くのがとても楽しみなのだ。今日もこんな話をしてくれた。

「むかし、むかし、たいそう仲のいい恋人同士がいた。二人はとても幸せに毎日をくらしていた。ところがある日、突然、大水が出て二人は木の葉のように流されていった。水の中に沈んでいきながら、二人は神に祈った。

『どうぞ、こんど生まれてくる時にも、たった一目《ひとめ》でもいい、いとしい恋人に会えますように……』と。

男は蝶に生まれ変わった。たくさんの花々に囲まれながらもなぜか心はさびしい。やがて、何かの拍子に傷つき、命とじようとする時、目の前で美しい白い花が開くのを一瞬垣間見た。その時、男はつぶやきにもならぬ声で叫んだ。

『ああ、いとしい人』

女は白い花に生まれ変わった。風が唄を歌ってもなぜかむなしい。そして嵐が吹き荒れる日、とうとう白い花びらも散っていく。

その時、女は小さな鳥が巣立っていくのを見た。

『私の愛する人よ』と……」

ガラ老人の話はここでとぎれた。

「そうやって、ずっとこんなことをくりかえしていくの?」

ぼくが聞いた。

「そうだ。永久に」

「だって、それじゃあ二人があんまりかわいそうじゃないか」

するとガラ老人が静かに答えた。

「決められた運命なのだから仕方ない。それに一瞬にしろ、真実の時があればいい」

ぼくはうなずいた。

老人のいれたお茶を飲みながら、いつものようにおしゃべりしていると、突然ガラ老人がよろめき倒れた。血の気がどんどんひいていく。驚き悲しむぼくに、老人は落ちつきはらった声で言う。

「私はもうじき死ぬだろう。だけどお聞き。さびしかった心が、もうじきいやされるような気がするんだよ」

ぼくは気がついた。さっきの話の主人公が誰なのか。

ぼくは急いで外を見た。

一人の少女がこっちに向かってくる。栗色の髪をゆらせながら……。彼女を一瞬、老人は見るだろう。ああ、でもその時は……。せめて五分だけでも……。

その時、ぼくの目の前を気まぐれ魔女《まじょ》が通りすぎ、銀色の時計を落としていった。しめた！　魔女が気づくまでの間、まわりの時間をとめてやろう。ぼくは少女の手をひっぱる。

そして二人は顔をあわせた。

「やあ、いとしい人、やっと会えたね」

「ええ、うれしいわ。でも、もう私疲れてしまった。知らず知らずのうちに心がさめてしまったの」

「ぼくもそうだ。もうお別れだ。永久に会うこともないさ。美しい時はもうすぎさってしまったんだ」

ぼくの手から銀の時計が落ちていった。

老人は息をひきとり、少女は何事もなかったように外に出ていく。

壊れた時計のガラスの破片が、ぼくの心を傷だらけにする。

もう空は青くない。朝の光をあびてもぼくの髪は金色には光らない。

明日の朝、ぼくは一つ年をとり、声は一オクターブさがり一つ一つのことに理由を

誕生日—その日が来るまで—

見つけようとするだろう。

手に持った鍵は冷たく重い。霧のかかった門の前で、もうシルクハットをなげすてることもなく、ぼくは佇む。

鍵穴が鈍い音をたてる時、観客たちが一斉にたちあがって、あわれなぼくに拍手を送る。

Oh Happy Birthday!

タイム・トラベル

「二十二時三十分、二十三時〇三分」

ああ、これでおしまいですね。今日の汽車は。あの駅は霧がどこからともなく降りてきて街の灯りをミルク色だか紫色だかの深い沼にとかしてしまうから、もう行けないんですよ。

さっきも遊園地のジェットコースターで行こうと試みた者《もの》がおりましたが、突然、観覧車が落ちてきて、線路はグシャグシャになってしまったんです。それにもう灰色の雨さえ降ってきて、ここももうじき、さびついたただのくず鉄置き場になってしまいますから。


そうです。そうです。そうです。行けないんです。いつも夢の呼びかけに私は叫び、目が覚める。体は熱いのに、心はあの夢の中の雨にぬれたように冷えきっている。

ある日、私は自分がこの世に生きていることに疑問を持った。そのうち、自分はまだ、本当にこの世に生まれてはいないのだろうと思うようになった。まわりの人間たちは、私が深く傷ついたからだと、小さい時、自分たちをすてて出ていった母親に心を深く傷つけられたからだと噂《うわさ》した。そんなことはどうでもよかった。それより私には記憶がない。母から生まれ出た記憶がない。母の胎内にいた記憶がない。夢の中で無意識にその道すじを辿ろうとする。けれど、いつもあの夢のように全てがさえぎられるのだ。

そうして、私は自分が石だと思うようになった。石のような無機物ならば、胎内《たいない》の記憶などなくともこの世に存在するのだからと。

何年もの間、私は石英や翡翠《ひすい》や、めのうの粒が浮かぶ空間にたたずんでいた。それはそれなりに美しく、誰にも侵されることのない静寂の世界だった。

ところがある時、誰かが私の名を呼んだ。そうして、こうつぶやくのが聞こえた。

「お母さんよ。お母さんよ」

母は何年もそう呼びかけていたと言う。たった一日、小さな心をつき離して出ていったために、すっかり閉じられてしまった娘の心をとりもどすために。

私を呼ぶ声が聞こえはじめると、私をとりまく無機物の世界に小さな花が咲きはじめた。そして、小さな虫の羽音や鳥のさえずりもかすかに聞こえるようになった。風も私の頬をなでるようになった。寒さと暖かさも感じはじめた。そして、自分自身も石から花へ花から虫へと変わっていき、私が五本の指を持ち、細い二本の足で動きまわる生きものであるという感覚がほのかにやどりはじめた。

「お母さんよ」

そのつぶやきはなおもつづいた。私の感覚はわずかながらよみがえっていった。私は実は……だったのかもしれないという確信が姿を露《あらわ》にしようとした時、はたと私の足がとまった。

私には胎内の記憶がないのだ。こんなことと世の人は笑うかもしれないが、それは私にとって自分が人であるという根拠を決定的にうちくだくものだった。

また私の世界に音もかすかになり、花も消えはじめ、モノトーンの石が散らばり、私の体の感覚もうすれはじめた。最後に手の感覚が消えようとした時、誰かがぐいと私をきつくひっぱった。そして走りだした。

いつしか私は何度か見た夢の中に出てくる駅に立っていた。あの時と同じように細かな雨が降り、少し寒いと思った。

時計は二十三時を少しすぎようとしていた。

どこからもなく、

「二十三時〇三分、最終列車が到着《とうちゃく》いたします」

という声が聞こえた。一度もやってこなかった汽車が、今やってくる。私はブルッと身震いした。

やがて、黒く沈んだような汽笛を一つ鳴らして、汽車は誰もいないホームにすべりこんだ。

汽車にのりこむと私は固い背もたれによりかかり、窓をほんの少し開けた。まばらにすわっている人たちは、みんな眠っている。

どこを走っているのだろう。鉛色《なまりいろ》の山あいの中を少しずつ下降していくように思えた。

暗い空から雪が降りだした。雪はどんどん降りつもり、とうとう汽車が立ち往生してしまった。

「ここは一晩、宿をかりることにしましょう」

誰かが私の肩をポンとたたいた。

その晩、私は海辺の宿にとまった。ふと、びょうぶのすきまから窓の外を見ると、暗い海に落ちる稲妻が見えた。私の着ていたねまきのひもの先がスルスルほどけ、どこまでも長くのび、空にすいこまれていった。

汽車はその町をこえるとまた、ゆるゆると銀光りする夜の荒野をくだっていき、時おり青緑のまるい灯りに浮かぶ家々がポツンポツンと見えると、私はなぜかすいよせられるようにそっと手をふった。

「記念写真はいかがですか」

手にブリキのカメラを持った男がやってきて言った。

「このように……」

さしだされた写真には私と他の乗客たちがキチンと並んで写っていた。私たちはまったくそのとおりに並ぶとフラッシュがたかれた。一瞬《いっしゅん》、みんながネガになったように白黒が逆転し、私一人残して写真屋もろともカメラにすいこまれ、まるで運命を託すかのように私の手にのった。

「最初から何もなかったのだわ」

いくつもの小さな悲鳴にも似たものがあったかと思うとカメラはとけだし、まっ赤な流れになり、私の指先をぬらした。

「あっ！」

私は叫び、蒼ざめ、後悔した。あんなにも氷のように張りつめていた私の心に赤い亀裂がピシピシとはいりはじめるのがわかった。

のどがかわいた。水がほしいと思った。

窓の外は霧が深くなって何も見えはしなかった。

けれど、とうとう私はやってきたのだ。こんなにも長く求めていた場所に。しかし、いったいここはどんなところだというのだろう。

たった一人ホームに降り立ち、駅から出ると霧が晴れだした。まもなく、私の行く手に白くかわいた道が一本あらわれた。水草のような草が音もなくなびいている。太陽が出ていないのに空は不思議と明るかった。

歩きながら、私の心の中はこの上もなく穏やかになり、張りつめていたものもとけだし、血管に赤い血が流れだすのがわかった。

やがて、私は広場に出た。

いくつかの小さな家が建ちならび、中央に噴水のような水がスルスルと上がったり下がったりしている。

誰一人いない。しかし、さびしい空間ではなかった。私の目は一つのりっぱな門構えの家にすいよせられた。

「ごめんください」

そう言いながら、私は家に入った。いくつものたくさんの部屋を通りぬけ、私は最後の扉を開けた。その中央には金色に輝くじゅうたんがしいてあった。

私はその前にひざまずき、つぶやいた。

「ああ、確かにこの場所です。私はここにいたんですね」

にわかにあらわれようとする外界に向かって私は、あの日以来、はじめて声を発した。

「お母さん」

君は……

どうしてって私は聞いた。それからって君は答えた。
何もない十字路で二人出会っても。
小さな水玉模様が私の髪を透かして光っている。
これからって私はたずねた。そうだねって君はふり向く。
誰もいない暗闇の箱を重ねて。
君の指がキラキラ日ざしにとろけている。
風が吹いたねって私はため息をつく。夢が踊っているねって君はひと時沈黙する。
すっかり静まりかえった日暮れのほどけた時間のように、
これからずっと君と私。
翼《つばさ》は永遠をすいこんで咲き誇る。

八月の宮殿

なおは、たぶん幼い時からいい子だったのかもしれません。

なんでも素直に言うことは聞いたし、駄々をこねて大泣きすることもなかったように思います。

それは、案外、傷つきやすい子がかぶってしまううすいガラスの仮面だということを、大人たちが気づかずに季節を重ねることもあるのです。


それは二月の寒い晩でした。

もう、少女になりかけて、ほんの少しの大人っぽささえ身につけたなおは、少し頭が痛《いた》いような気がしました。

それでも父さんや母さんに、

「なお、おやすみ」

と言われると、にっこり笑って、

「父さん母さん、おやすみなさい」

と言って自分の部屋の扉をピタリと閉めました。外では小さな弟が、まだ寝ないと言っては父さん母さんを手こずらせている様子が、にぎやかな声とともに聞こえてきます。


ベッドにすわると、また頭がズキズキと痛くなってきました。

「痛い……」

そう小さな声で言ってしまうとなぜか、なおの目から涙がポロポロ流れおちました。

その晩、なおは長い夢を見ました。

ほんのり蜜柑色の灯りがついた街の通りをなおは歩いていていました。

まるで、夏のようにあたりはむし暑く、古めかしい看板や家の佇まいは、なおには見覚えのないものでした。

なおはのどがかわいたので、何気なく一つの店の中にはいりました。そして、薄暗い裸電球の下でジュースを注文しました。


「痛いって言った？」

その声に、なおが驚いてふり向くと背の高い青年が後ろのテーブルににこにこしてすわっていました。

「さっき、痛いって言った？」

青年は深いまつげの下の瞳をいたずらっぽくクルクル動かしながら、もう一度言いました。

「痛い！　とっても痛い！」

なおは自分でもびっくりするような大きな声で叫んでいました。

「おこっているの？」

青年はわざとこわそうな顔をして言いました。

「おこってる。すごくおこっているの！」

なおはほっぺたを思いきりふくらまして見せました。不思議なことになおの口からは思ったことがポンポンと気持ちいいようにとびでてくるのでした。

「そりゃ、いけない。じゃあ散歩に行こう」

「こんな夜に？」

「今のところ、ぼくには夜しかひまがないのさ」

通りに出るといろいろな店がごちゃごちゃならんでいるのが見えました。


「あれ、買おうか」

青年はしかくいケースの中の薄桃や薄緑のうすいせんべいを指さして言いました。

「いや！」

なおは大きくかぶりをふりました。

「これがいい」

なおが指さしたのは、まるいガラスびんにはいった青や黄色のザラメがついた飴《あめ》だまでした。

「はい、五円ね」

袋にいっぱいつめてもらって、青年がそれだけしかはらわないのを見て、なおは――おや――と思いました。

「いまは、いったいいつなの？」

こんどは青年がびっくりしたように目を見開きました。

「いつって……いまさ。八月のいまさ」

そう言うなり、なおの手をギュッとつかんで走りだしました。

「そうか、いまはいま。八月だよね！」

なおは額の汗をぬぐって走りながら急におかしくなってクスクス笑いだしました。

青年もクスクス笑いはじめました。とうとう息を切らして立ち止まった時には二人ともおなかをかかえて笑っていました。

なおは飴だまを口にほうりこむと、冷たい草はらに腰をおろしました。その向こうには大きなポプラの木が三本あって、葉ごしにはどこかの建物からもれる灯りがチラチラ見えました。その灯りに照らされて、無造作に散らばった石さえもつややかな置物のように見えました。

なおはだまって石をポプラの木のねもとにつみあげました。途中から青年もその無邪気な遊びに加わりました。さまざまに形のちがう石を丹念にくみあわせて、見るまに高くなっていく様子になおは目を見はりました。

「建築家になりたかったのさ」

青年は最後の石をつみあげ終えて言いました。

「すごい！　これ、私のお城にする」

なおは小さな城のまわりをうれしそうにかけめぐりました。

「冬までこのままにしておいてね」

青年はなぜという顔をしました。

「ここが冬になって雪がたくさん降ったら、まっ白な本当のお城になるから」

なぜかその時、青年の顔が一瞬くもりました。

「そうだね。雪が降ったらね」


それから時々、なおは夢の中で青年に会いました。

ある晩、なおはいつものように夢の中で、通りをぬけて草はらにかけていきました。その前に飴だまを一袋買うことも忘れませんでした。あの青年が好きな薄緑のおせんべいもそえて……。


けれど、なおの小さな城の前で、いつまで待っても青年はあらわれません。なおの目に涙が浮かんだ時、サッと大きな手がさしだされました。

「おっと、一粒うけとめた」

涙をうけとめるしぐさをして青年が立っていました。

「もう、来ないかと思った」

なおが目をギュッとこすって言うと青年はそれには答えず、

「暑いね。川にはいってみようか」

と言って歩きはじめました。意外にもすぐそばを街の灯りをのせて川は流れていました。

「笹舟を作ろう！」

「なあに、それ？」

「ほら、こうやってね」

青年はそばにあった笹の葉をとっていくつもの舟を作りました。

「わあ、すごい！　それ、みんな流そうよ」

そう言いながら、なおはほんの少しの間、考えていました。それから笹舟の一つ一つに色とりどりの小さな飴を一個ずついれていきました。

「どうして？」

青年が少し笑って聞くとなおは最後の一つをそっと浮かべて答えました。

「だって、ずっと遠くにいってしまうから、たった一人でかわいそうだから……」

笹舟が音もなく川をくだっていくのを二人は黙って見ていました。

まもなく、いつものように帰っていかなければならないのをなおは知っていました。けれど、ポプラの木の前まできた時、じっと動かないなおを見て青年はちょっと困ったような顔をしましたが、考えなおしたように、

「ついておいで」

という合図をしました。

ポプラの木の裏手には、白い大きな建物がありました。いつか見た葉ごしの灯りはそこからもれてくるものでした。

「ここ、あなたのうち?」

なおがいぶかしげに聞くと青年は、

「別荘さ」

とおどけて言って重い玄関の扉の中にはいっていきました。

——一〇三号室——と書かれた部屋のドアを開けると、強い消毒アルコールのにお

いがなおの鼻をうちました。白いベッドのわきには、いくつもの薬びんやチューブがかかっていました。

「病室？」

なおは青年の横顔を恐る恐るのぞき見て言いました。

「まあね」

いつもと同じ調子で、青年は答えました。

「病気なのに、夜、散歩していいの？」

ここに来てからはじめて、なおの口がこわばりました。

「みんなには眠っているように見えるだけ。君とおんなじさ」

病室のところどころには青年が描いたと思われる建物の設計図らしい紙きれが散らばっていました。

「ほら、あそこに……」

窓の外を青年が指さしました。

「君のお城がよく見える」

朝やけのあわいもやを通して、小さな城が見えました。

それからの夢では、夜でなく突然、昼の光の中で青年があらわれたりするようになりました。眠っている時間が長くなっただけだと青年は答えました。


二月も終わりのこのへんでは、めずらしく雪が降った寒い晩でした。

ベッドにはいろうとしたなおの耳に、

――はやく……来て……――

というかすかな声が響きました。なおの胸がスウッと冷たくなりました。なおは無我夢中で庭にとびだすと、ひとにぎりの雪を両手でにぎりしめました。

あのポプラの木の前で、青年は少し蒼ざめて立っていました。

なおは手のひらの中を見て泣きそうな声で言いました。

「雪とけちゃった。お城を飾ろうと思ったのに……」

青年はいいよというようにうなずきました。

「ずっと眠るだけなら、これからも会えるよね」

なおはやっとのことで聞きました。青年はそうもいかないんだよというふうに首をふりました。そして、最後に一言だけこう言いました。

「君が本当の君であるように」

呆然と立ちつくすなおの目に、あの白い建物の青年の病室に灯りがともり、あわただしく出入りするたくさんの人影が夜の闇と交錯して見えました。

気がついた時、なおは母さんの胸にだかれて激しく泣きじゃくっていました。驚いた父さんもなおの部屋に飛んできました。こんなに泣いたなおを二人ともこれまでに見たことがなかったのです。

「かわいそうに。とても悲しいことがあったのね」

「今までにも、きっとたくさん悲しいことがあったんだね」

父さんもポツリと言いました。

なおの心の全てが流れでたような深い雪の中。
あの青年となおの小さな城が白くまばゆいばかりに浮かんでいるのが見えました。

透明な階段

　小さな子にも悲しみはあります。

　少しも汚れていないので、涙さえサラサラと河のように流れます。それでいて氷の刃のように細く鋭くもあるので、その柔らかな頬に見えない切り傷をいくつも刻みこんだりもするのです。

　じっとうつむいたその子の小さなにぎりこぶしは、胸に今にもこぼれ落ちそうな涙を必死にこらえている姿のあらわれです。小刻みに震えるくちびるはあまりの寒さに凍えているためなのです。けれど、それをいったい誰が気づくでしょう。

　なんと不都合なことに小さい体と手にあわせて悲しみばかり小さくしてはくれないのです。

　蒼ざめたガラス細工の器に涙がもうあふれそうになると、かじかんだその子の足がでくのぼうのような歩き方で戸口の外にそっと出ていきます。
いったい誰がその足音を聞いたでしょう。空に浮かぶ月さえも影と影との間にあわ雪のように沈んでいく音には気づきません。
もっと、遠いところに行かなければ
もっと、遠いところへ行かなければ
つい、さっきまで虹色に描かれていた看板はさびついてガランガランと嫌な音をたてて、くずれ落ち、小さな足の行く手をさえぎります。すると、思いもかけず強い力でその子の手足はそれらをはらいのけ、もっと遠いところへ、ずっと果てへと走りつづけます。
やがて、ひとかけらの空もなく音もなく時もない地についた時、小さな子ははじめて凍えた手で頬をおおうのです。
スーッとひとすじ涙はこぼれ、指の間からこぼれ落ち、肩をぬらし、またひとすじ、またひとすじ。沈黙の長い尾をひいて無数の幻の河となり、小さい子が最後のひとすじを手でぬぐう時、それらは結晶となりながらスッと上にのびていく階段になります。

透明な階段

透明な階段をのぼりながら、少しずつ赤味をおびていく頬の様子を見て、遅れてしまった全てのものたちはホッと胸をなでおろし、その子が次に見るものは一番美しいものであるようにそっと遠くから祈ります。

小さな子の悲しみをあなたはいく度、気づいたでしょうか……。

空中散歩

まっ暗な部屋にただ一人。

ほら、息が聞こえる。胸の鼓動が聞こえる。

暗闇の中で、何もないところで、時間も消《き》え果てた今、あるのはその音。けれど、それは何かに似てはいないか。規則正しく、ゆるやかに。規則正しく、ゆるやかに。やがて少しずつテンポが速くなる。調べは短調から長調に移ろうとする。暗闇の中で、何もないところで、時間も消え果てた今、小さな光の点が生まれる。

揺《ゆ》れる、揺れる。規則正しく。けれどテンポが速くなる。調べは短調から長調に移ろうとする。少し風が吹いてきたね。きっと南の風だ。

走る走る。今、汽笛が鳴った。もっと窓を開けようか。風の色が変わった。紫からオレンジに。

テンポが速くなる。車輪はたった今、アレグロの曲からぬけでたばかりなので、まだ青くぬれたように輝いて火花をちらす。

光の点が広がる。近づいてくる。テンポが速くなる。息が苦しいのはどうしてだろう。

光の点が広がる、広がる、広がる……。

ああ、今、汽車はトンネルをぬけた！

(一) 春

汽車は菜の花で埋めつくされた線路をゆっくり走っていく。向こうに見えるのはれんげ畑かな。重なりあった花の影の間に小さな春が一人ずつ住んでいて、クルクル髪をとかしている。時おり、水鏡に姿を映して聞いてみる。

「鏡よ、鏡。春の中で一番美しい春はだあれ」

「決まっているじゃないか。君に」

そんなお決まり文句だって、春だから一編一編の美しい詩に聞こえるのさ。これんげ畑も遠くなる。この汽車にのっているのは誰だったのか考える前に少しずつ眠くなってきた。子守り歌はいらない。ほんの少し目をつぶるだけだから。そのかわり歌ってよ。挽歌を……。

（二）　夢

白い障子を見つめていると私の心の中がわかるような気がします。ですから、あんまり悲しくなって涙がにじんでくると、もうすっかり白い障子は雪に変わり、いつのまにか私は凍える体をだきしめるように、やさしく冷たい吹雪の中に立ちつくしているのです。

けれど、この雪は花びらのよう。桜の精のようなあの女《ひと》がやってくるもの。黒髪が花吹雪とたわむれるようになびいてあの女《ひと》は古い歌を口ずさみます。

時がゆっくり動きをとめる。銀の手まりがころげ落ちる。

「ねえ、あなた。雛様が泣いているわ。きれいなべべもそろえたのに、お針の道具も出したのに。はよう、おままごとをいたしましょう」

見ればあの女《ひと》は女雛《めびな》になって、うらめしそうにこちらをにらむ。

「はよう、おままごとをいたしましょう……」

なのに足は桜の花に埋もれて私はそのまま立ちつくす。時計のからくり人形、カタリと落ちた。もう遅い、遅いのです。

あの女《ひと》の瞳は冷たく凍《こご》え、花は白い雪に変わり、グルグルとうずを巻いて私の体につきささる。あの女《ひと》が笑う、いい気味と……。

あの女《ひと》が泣く、なぜもっとはやくと……。泣かないでください。うらぎったのは私なのだから……。

白い障子をスッと開けると、もう春だというのに花びらのような雪が石だたみにうすく降りつもっているのです。

（三）　空

汽車が汽笛を鳴らす。どこまで来たんだろう。うっかり眠ってしまったから空の上まで来てしまったことさえ気がつかなかった。

汽車は地上でたくさんの春を通りぬけてきたから、さまざまな花の色に染まって、青い湖の底のような空間をまっすぐともまがりくねっているとも、ゆっくりとも速くともつかない様子で走っていく。

ここは空の上だから全ては逆さまになってもおかしくはない。どうりでさっきからクスクス一人で笑ってしまって、たった一人ぼっちでいることが変に楽しくてしようがない。

だけど、この空の野原に咲いている青いガラスの花に映った横顔はさびしそうにうつむいている。

汽車よ、あの花々をふみ倒せ！　鉄の車輪で粉々にうちくだけ！　ほら、見てごらん。粉々になった悲しみが地上にハラハラと音もたてずに落ちていく。花々はすっかりうなだれてしなしなと川になり夜の国への路になり、汽車はしずしずとその上をすべっていく。

(四) 夜

細くとがった月の間を、汽車はスルスルと通りぬけていく。あそこにいるのは誰だろう。夜の冷たい線路は黒水晶でできていて、そこには一人の少年が小さく低くつぶやいている。

「さびしいよ」

月の光に照らされて、涙は一粒の星になる。ああ、あれは小さいころの自分じゃないか。すると幾千人の少年があらわれて口々に叫ぶ。

「さびしいよ」

「さびしいよ」

空中散歩

「さびしいよ」

そんな幾千のため息でできた線路の上をゴトゴトと汽車は進む。

「みんな、みんな、そうなんだね」

言葉にならない声が、綿毛のように降ってきて、少年たちをやさしくつつむ。

赤い灯りが見えるね。何かの合図かしら。もうじき、この汽車はトンネルにはいるんだ。

風が西風に変わったね。トンネルの中でも雨は降るんだろうか。

揺れる、揺れる、規則正しく。少しずつテンポが速くなる。けれど調べは長調のまだ。やがて、車輪は赤い火花を散らしたまま、モデラートの曲へと帰ってゆき、今は胸の鼓動が響いているだけ……。


まっ暗な部屋にただ一人、けれど手のひらの涙はすっかりかわいてしまった。

揺れる、揺れる……。

世界の片隅で

君に伝えたいことがある。まっ白な感覚がこの世の果てに届いてから。
私は雲のはしの壊れかけた船のかけらで遊んでいる。そうして無邪気な花のように
君が銀のとばりにとけこんで私を迷わせる。
なぜかと、問われても私は静かに笑うだけ。
草なぎの模様も雪の断片を映してサラサラと永遠の片隅に流れおちる。
このちりぢりの山の向こうに、蛍が無限に放たれているから。
君の頬にも、くすんだ天のいざないはあらわれては消える。
子どものように指をつないで私が瞳を潤ませても。
一夜限りの雷雲の中に君は眠る羊のように。
そうしよう。

私は君のいざなう天使の羽になろう。そうすればこの世界にただ二人。君・と・私。

ティム

ティム＝ブラウンのもとに一通の手紙がまいこんだのは、木々の緑のすき間からライムソーダのようなさわやかでちょっぴり秘密めいた風が吹く夏の静かな午後でした。ティムは麦わら帽子の下から、片目でそっと、この森のリスだの、小ざかしいウサギだの、それにおしゃべり好きの野アザミだのが、うつらうつら昼の眠りのごちそうにすっかり、身も心も奪われているのを見とどけると、ちょうどいい大きさの木の切り株に腰をおろし薄緑色の封筒をそっと開いてみたのです。手紙には、やはり薄緑色のインクで、こう書いてありました。

突然、お手紙をさしあげるご無礼をお許しください。
私《わたくし》、ポロ＝ルーダは、ぜひともあなた様にご相談申すべく、こんどの日曜日におうかがいする所存でございます。

ティム＝ブラウン様

十一の山と二十三の川と三十一の丘をこえた
ずっと向こうのその先のポロ＝ルーダより

いやはや、ずいぶん遠くからもこんな手紙が来るなんて、ぼくもまったく有名になったもんだと、ティムはいささか得意な気分はかくせません。子どものくせに生意気なオテングさんになるとロクなことはありませんよと、口うるさいお母さんだったらそうたしなめるかもしれませんが、幸い、ティムのお母さんの場合、
「おや、ティム。おまえの鼻先にはちみつかジャムでもくっついているのかい。その足が踊りだしてしまわないうちに、おまえがどんなにすばらしい子か、母さんはこの目で確かめてみたいもんだわ。ねえ、おまえもそう思わないかい」

と言うなり、一かかえもある洗たく物の山をいかにきれいに速く干せるか、期待のまなざしで見られるだけだったので、ティムのプライドがそこなわれることは決してありません。まあ、それはそれなりにしんどいこともありますけれど。

子どもだから、ごたいそうなプライドや誇りなんかないなんて思ったら大まちがいです。子どもってものは実は大人以上に誇りを持ちたがるもんですし、大人ときたら結構くだらないことでピカピカの勲章をもらったりするのに、たった五分間の間にアキカンいっぱいのミミズを集めることに対してちっぽけな勲章ももらえないなんて、ずいぶんな差別です。

まあ、なんて眉をひそめている、ほら、大人の方。あなたにたとえ一匹にしろミミズをつかまえることができます？　ですから、あなた方にできもしないことをやってのけるすばらしい子どもたちに、金ピカの勲章とは言わないまでも、せめて賛美のまなざしとアーモンド入りのチョコケーキぐらいは与えてやってほしいもんです。

そんなわけで、ティムにも子どもとしての誇りはありましたし、大人に対して、どうも腑に落ちないという疑問を持つのはしょっちゅうです。たとえば、こんなことです。学校でもらったりっぱな賞状を見せれば、親はそれこそ、よくやった、おまえみたいにできのいい子はいない、と大騒ぎなのに、何をやってもらった賞なのかはあまり聞こうともせず、本人そっちのけで、賞状だけ特別あつかいをすることが多々あるのです。まあ、パンの早ぐい競争でもらった賞だと聞けば、親はさぞかしガッカリするだろうというやさしい心から子どもはそのまま親を喜ばせておいてはやりますがね。

ティムのそんな疑問を決定づけたのは、ある日、町の役所から、相談役という役職のひどくえらぶった男の人がやってきてからです。その人は、町の相談事をいろいろ聞いてまわるというエライ人だというのです。もっとも本当の偉い人というのは決してエラそうにするもんじゃあないってことぐらいティムにだってわかります。

その人はずいぶん気まぐれでもあるらしくて、自分の気にいった相談だけ聞いてもったいぶって答えるのです。

「なになに、家をたてるのに一番税金がかからない方法はなんじゃと。ふむ、それは、つまり専門的税知識の応用じゃから、根本的には税理士に聞くのが一番の得策かと、私は確信するものである」

「町の中央に大きな池を作りたいとな。そりゃあ、環境上における、町民の美的感覚向上と精神衛生面におおいに貢献するところだが、なにしろ我が町の財政政策に照らしあわせた慎重な処置を要するものであるからして、この私としては積極的方向で検討を進めていく所存である」

たまに気のいいおじさんが、

「おらんとこのアヒルにたまにゃあ、色つきのたまごでも生ませたいと思ってんだけど、どんなもんだろよ」

などと聞こうもんなら、何をバカなことをと言わんばかりに、顔を火山口のようにまっ赤にさせ、大げさなひげをブルブル震わせて、

「この町の人間の恐ろしく低次元の発想にはついていけん」

とブツブツ言いながら、サッサと帰ってしまうのです。色つきのたまごなんてすてきじゃないですか。おおいにけっこう。ティムなら即座にこう答えてあげます。

「アヒルって鳥は思いこみが激しいでしょう。だから、卵を産む何日前からかサングラスをかけさせりゃいいのさ。赤い卵にしたけりゃ赤いサングラス。青い卵にしたけ

りゃ、青いサングラス。そうすりゃ、アヒルはてっきり自分のまわりのものはみんな赤い色や青い色なんだって思いこむから、卵だって、きっと赤い色のや青い色のを産まずにはいられないはずだよ」

どうです。こんなすばらしい答えをひねりだす頭を持ったティムこそ、真の町の相談役だとは思いませんか。こんな大人物をほっとく手はありません。そこで、ティムは考えました。

「ぼくは、このとおりチビで、かけっこだってあんまり得意じゃない。だけど、ぼくは信じてるよ。いつか、父さんの背を追いこし、風のように速く走れるだろうって。誰もがみんなそう思ってるんだ。きっと、願いがかなうだろうって信じてる。だから、涙を流す日はあっても、やがて、いつのまにか微笑みの庭に自分は住んでいたことを思いだしてしまう。

でも、中には、自分一人ではどうしようもなくて、願うことすらあきらめて、絶望の荒野にうずくまる人だっているだろう。その時、誰かが、小さな小さなほんとに小さなすみれの花を一本さしだしたらどうだろう。きっとその花びらは荒野の冷たい風をやさしいそよ風に変えてしまうだろうし、その色は灰色の雲をかきけすほどの力を持っているかもしれない。だからって、その人の願いは一生かなえられないかもしれないよ。だけど、その人はすみれの花に向かって、こうつぶやくんだ。

『もう一度信じてみようか』って」

だから、ティムは本当の相談役っていうのは、そのすみれをさしだしてあげる人だと思うのです。ずいぶんキザですって？　そう思うんなら、あなたはずいぶん正直にものが言えない人なんですね。子どもだってこれくらいのことは考えますし。うんと正直に、そう、恥ずかしいとか、こんなこと言ったらどう思われるだろうかとかなんて、みじんも思わないでしゃべることができるから、言葉はまるで、水に流れていくお日様の光のかけらのようにキラキラ輝いているんです。

こんなわけですから、誇りたかい子どものティムとしては黙って、現状を見すごしてしまうことなど、とうていできません。そこでとうとう、春の終わりのある日、家のうらの小さな緑の丘の、木々や草花がほどよく茂り小川のせせらぎの音がよく聞こえる、ティムのお気にいりの場所に、小さな机と椅子をはこびこむと、木で作った小さな看板に、『なんでも相談に乗ります』としるしたのです。

お客は来たかって？　来ましたとも！

最初にあらわれたのは、近くの池にすむ水鳥の親子でした。水鳥のお母さんは、ティムを見ると、一瞬、

（まあ、チビでやせっぽっちな赤毛のこの子なんかに、私の悩みをうまく解決してもらえるのかしら）

とためらいましたが、

（澄んだ瞳はかしこそうだし、小首をかしげるくせは思いやりがあるしるしだっていうし）

そう、すぐ思い直して、さっそくティムに相談しました。

「まあ、この子ときたら、由緒正しい水鳥の家系だというのに、水の中で泳ぐのをこわがりますのよ。いろいろ手はつくしてみましたわ。大好きな魚を目の前にちらつかせたり、無理やり池の中にほうりなげたり…。この時なんか、『溺れる！　溺れる！助けて〜』で大騒ぎ。池中のもの笑いで、大恥をかいてしまいました。いえね、名誉

だとかそんなことはどうでもいいんですの。もし、このままこの子が　魚もとれないようではこの先どうなるか心配で心配で……」

水鳥のお母さんはホロリと涙を流しました。見ると、そばで、水鳥の子どもがすまなそうにちぢこまっているのです。

ティムにはお母さんの気持ちがよくわかりましたし、水鳥の子どもの気持ちはもっと痛いほどわかります。ほら、柔らかい羽毛の一枚一枚がさざなみのように震えています。小さな黒い瞳はかわいそうに灰色の雲におおわれて、まっすぐ前を見ることができないのです。ティムは水鳥の子どもを胸にだきあげると、できるだけやさしい声で言いました。

「ねえ、誰だって、とてもこわいことやどうしても自信のないことって一つや二つ必ずあるもんさ。でも、どうにかこうにか、切りぬけられるもんだよ。不思議とね。じゃあ、どうすればいいかって？　それは一つ強い味方を友だちにしてしまうのさ」

「強い味方って？」

水鳥の子どもは恐る恐る聞きました。

「うん、たとえばさ。君、これなら、とても上手にできて、やってて楽しいことってあるだろう」

水鳥の子どもはしばらく考えていましたが、恥ずかしそうに口を開きました。

「ぼくね。踊ることなら好きだよ。風の音や木の葉の音にあわせてクルクルって踊ると心ん中がこうポーッとしてくるんだよ」

「クルクルって踊るのかい」

「うん、クルクルってね」

水鳥の子どもの瞳はだんだんイキイキと輝きをましてきました。

「さあ、踊ってごらん。ちょうどいいことに南の風が君のためにすてきな音楽を奏でてくれそうだよ」

そう言われると、待ちきれなくなったように水鳥の子どもはクルクル踊りはじめました。自信にみちたその足どりは、さっきとは別人のようです。それにその踊りの上手なこと。これほどの名手はどこを探してもいますまい。水鳥のお母さんは、自分の子どもがこんなに踊りが上手だとは思ってもいませんでしたから、ただ、もうびっくりするばかりです。他の水鳥や木の上のリスたちもうっとり見いっています。

「君って、なんてすてきな水鳥なんだろう。その踊り、水の上で踊ったらもっとすてきだよ」

ティムがそう言うと水鳥の子どもはまた下を向きました。

「だって、ぼく……」

「ね、自信を持つんだ。君はこんなに上手に踊ることができる。誰もまねできやしない。君は自分がどんなすばらしい水鳥なのか、今まで知らなかっただけさ。君は踊ることでなんでもできる。君の踊りは君の友だちだ。困った時でも悲しい時でもきっと君を助けてくれる。そら、げんに今だって」

ティムは水鳥の足もとを指さしました。

「あ！」

水鳥の子どもは驚きの声をあげました。そうです。水鳥の子どもがクルクル踊っていたのは地面の上ではなく、青い水の上だったのです。水鳥の子どもはとてもびっくりしましたが、もう、体全体がすっかり水になじんでしまっていたので、そのうち、どうして今まで水をこわがっていたのか不思議でたまらなくなったほどです。

ね、こんなふうに少しこんがらがった糸がスルスルほどけて、その人の世界がパッと変わる瞬間を見るのは、ティムでなくても胸のすく思いですし、まわりの誰もが小さな奇跡を信じていくことができるのです。

その他にはと言えば、そうそう、庭のバラがいつまでたっても咲かなくって困っているおばさんが来ましたっけ。この時は簡単でした。気位の高いバラの花のことですから、ほんのちょっと自尊心をくすぐってやればいいのです。まず、おばさんはせいいっぱいよそいきのオシャレをしますでしょ。ピンクのフリルのついた洋服なんぞ着ているおばさんがラララ歌っているのが聞こえればバラの花たちは眠ったふりをしながらも片目半分をうっすら開けて、

(まあ、おばさんたら、私たちをさしおいてあんな楽しそうな顔をするなんて!)

バラって花はいつだって自分が一番チヤホヤされてなきゃ気がすまないもんです。だから、おばさんが自分以外のことであんなうれしそうな顔をしているなんて我慢ならないわけです。でも、思い直して、

（おばさんのことですもの。あんまり、頂きもののドーナツがおいしかっただけにちがいないわ）

すかさず、おばさんは叫びます。

「私ほど幸せな人間がいるかしら。この世で一番美しい花を見ることができるなんて。ええ、この庭のどの花よりもけだかく優雅で美しい花！」

「まあ！」

バラはここではじめて、大変なことがおこりかけているのに気づくのです。この世で一番美しいですって？　この私よりも？　そんなバカなことあるわけないわ。バラはおさえようとすればするほど体中がカッカッと熱くなってきます。おばさんは横目でその様子をうかがうと、わざと大げさな声をはりあげました。

「まあー。これがその花。ワクワクするわ」

白いレースの布きれをかぶせられた小さな鉢を目の前におかれたものですから、もうバラは我慢できません。おばさんが、

「それ！」

と言ってレースをとりはらった瞬間、バラは不覚にもまったく我を忘れて、

「あっ！」

と叫んで何もない鉢を見た時には、もうまっ赤な花びらをせいいっぱい広げたあとでした。その時に見たバラの花の見事さといったら、これこそ世界一の美しい花でしたとも。


ね、たったこれだけのことだけれど、小さな幸せのお手伝いができるティムって、ちょっと変わってて、すてきな子だと思いませんか？


ちなみに、ポロの願いはこのようなものでした。

『この世で一番おいしいお茶とジャムをあじわうにはどうしたらいいのでしょう』

ティムは、にっこり笑って答えました。

「それはね、夏の最初に降った雨の午後、空にかかった虹が映った湖の水でお湯を沸かすのさ。そこにハナミズキの葉をそっと浮かべてね。それからね、お日様の光でとれたばかりのコケモモに、はちみつひとさじいれてふつふつ煮ればね。さあて、この世で一番おいしいお茶とジャムのできあがりさ」

おお、なんてすばらしい！　ポロは何度もおじぎして十一の山と二十三の川と三十一の丘の向こうに大喜びで帰っていきました。ね、すばらしいでしょう！　こんなことティムには朝飯前ですから。

とってもすてきなティム＝ブラウン！

こんどはあなたの相談うけたまわります！

ラブレターフロム——

風の中で私を呼んで——

私は、私の髪が白い指先にからみついて、それが苦しくて時々声をあげたくなるの。

でもじっと身動きもしないから、
風の中で私を呼んで——

体中の透きとおった細胞が私の心の中にもはいりこもうとするの。でも、眠ったりしないから。


百年の間、身動き一つしなかった。

千年の間、眠ることさえしなかった。

時々、暗い血を持つ人々がかたわらを通りすぎ、甘い死の香りのする果物《くだもの》をさしだしたりもしたけれど、その時、私は小さな草色の蛇になってまどろむふりをしていた。
風の中で私を呼んで――
私は百年と千年の時をとびこえて、あなたのそばに行くわ。
あの甘い香りの果物《くだもの》をあなたのくちびるに運ぶために――

夜のお話

まっ暗な夜のお話です。もう真夜中でしたので黒猫さえ出てこないのです。

突然、コホンと咳ばらいがしたと思うと、半分傾いた古い電柱が低い声で話しはじめました。

「今晩、この星のまわりがりんごの皮みたいにクルクルむけちまったらどんなあんばいかな。フッフッフッ」

「かわりに銀紙をまきつけたらそりゃあ、きれいでしょうね。赤い星や青い星の光をいっぱいはねかえしてダイアモンドみたいに輝くでしょうよ」

はがれかけたポスターがビラビラ笑って言いました。そこへあわててかけつけた白いゆうれいが、

「そりゃあ、困りますぜ親分、あっしらは光に弱いんで、年中、そんなキラキラやら

れたんじゃあ、みんなひからびたミイラになっちまって情緒《じょうちょ》ってもんがありませんぜ。なあ、新米！」

古いゆうれいは、なりたてのまだおしりのへんだけ青いゆうれいにえらそうに言ってみせましたが、新米のゆうれいは困ったように、

「いやあ、きっときれいで踊りたくなっちゃうと思うけどなあ。あ、でも、ぼく足がないから踊れないかな⁉」

と言って古いゆうれいをあきれさせたのです。

そして、ちぎれた本のページや半分のボロぐつや昼間日の目を見なかった恨みごとや、つかれきった足音、色あせた約束事なんかがドヤドヤと古い電柱のまわりに集まってきてひっそりと待ちました。

やがて、星が一つポトリと流れて夜がいっそう青みがかってきたころ、ずっと向こうの道から誰かがやってくるのが見えました。

それは、果てしないほどまっすぐな道で、道というよりは光なのでしょうか、いえ風かもしれません。この夜のまん中にだけできた道なのでした。きれいな声が聞こえ

ました。氷の糸のように涼やかなとぎすまされた声でした。その声はどんなものもなつかしさでいっぱいにしてしまうような歌を静かに歌っていました。

「夜のとばりに窓を開けば

私がいるわ。だから、忘れないで……」

みんな、耳を澄ましてじっとしています。

静寂がガラスの板のようにピンと張りつめると年とった電柱が遠慮深く、しかし親しげに、

「メルーサ・ルウ」

と呼びかけました。するとホッとしたようにゆうれいも古いポスターもちぎれた本なども口々に、

「メルーサ・ルウ。メルーサ・ルウ」

と叫びました。

「ええ」

そう呼ばれたのは、水色の長い髪の毛に銀色の瞳を持ったかわいらしい少女でした。

少女のまとった衣は透きとおっていて妖精の羽根のように見えました。メルーサ・ルウは首を少しかしげるとにっこり笑いました。

「おお、メルーサ・ルウ。やさしいつぶやきから生まれた子ども」

「メルーサ・ルウ。ひそやかな思い出から生まれた天使」

「メルーサ・ルウ。きよらかな夢から生まれた乙女」

「メルーサ・ルウ。涙の泉から生まれた妖精」

「今日はどんな話をしてくれるのですか。どんなすてきな旅をしてきたの」

みんな、少女をとりまきますと、水色の髪をかきあげて真珠色のたてごとを鳴らしながら、歌うようにメルーサ・ルウは語りはじめました。

「空の中ほどにこしかけていたら、虹つばめが海に行きましょうよと誘いにきたわ。海なんてどこにもないじゃないと言うと、じゃあこれをごらんなさいと一本の針と自分の赤ちゃんのころからとっておいたフワフワの羽をとりだして、アン・ドゥ・トロワと叫んで空にほうりなげたの。とたんに羽はまっ白い船になって私と虹つばめをのせて、針の穴の中にすいこまれてしまった。

つばめは、うそをつかなかったわ。私たちは白い船にのって海の中を進んでいったの。海は青いものだと思うでしょう。ところがちがうの。奥深いところに地上では見ることもできない色とりどりの美しい宝石をかくしていて、その無類の光がユラユラゆらめいて、それはすばらしく声もでなかったわ。

突然、人魚や魚たちがあわてて逃げだしたのでふと向こうを見ると大変！　海の一角がまっ黒なにごった闇につつまれてどんどん広がっていくの。心ない地上の人間が宝石を一つ釣りあげたので、海の光のバランスがくずれはじめた。このままでは、海がなくなってしまう。私と虹つばめが祈ると空と海をつかさどる神様がいらして、

『一番新しい、一番暖かい涙をさがしていらっしゃい』

とおっしゃるの。私たちは海を出ると一番新しい一番暖かい涙をさがして、とびまわったわ。ずいぶんくたびれて、ある国の小さな窓の灯りの近くでしばらく休んでいると、こんな声が聞こえてきた。

『何百もの航海に出て、やっと家にもどれる日、たった一人の息子を喜ばせようと海から美しい石を持ってきてしまったが、息子は私を一目見るなり、さしだした石をほ

うりなげて（ああ、父さん、父さん、ぼく父さんさえいれば何もいらない）と言ってくれた。かたわらを見ると宝石は粉々にくだけちってしまっていた』

一人つぶやいているのは、日に焼けた少し白髪のまじった男の人。そばにかわいい男の子がスヤスヤ寝息をたてていたわ。なおも男の人は一人言をつづけた。

『それほど一途に息子は私を愛していてくれたのに、私ときたらどうだろう。長い旅の間に息子の愛が私を離れていってしまうようで、こんな形でつなぎとめようとしたとは情けない。それに海に眠るこの宝石を黙って自分だけのためだけに持ってきたことを神様はきっとおこっておいでにちがいない。本当に悪いことをしてしまった。けれど、今こそちかおう。私はずっと、もうこの子のそばにいると……』

男の目から一粒涙があふれたのはその時です。虹つばめと私は急いで用意したかごにその涙をうけとると、そっと家を出ようとしました。私はその時、とてもすばらしいものを見ることができたの。あの粉々にくだけちった石のかけらがキラキラ光る糸となり、男とその子の心をしっかりつないだのです。こんな強い絆はあるでしょうか。

そして、私たちは急いで海にもどってその涙をなくなった宝石のあとに沈めると、もうすっかりもとどおりになって、海はいっそう輝くような色あいを私たちに見せてくれたわ。

ほら、ごらんなさい。海の光のしずくが残っているでしょう」

メルーサ・ルウが髪をかきあげると青や紫や緑の透きとおった粒がチラチラ輝くのが見えました。

「それで、それで、メルーサ・ルウ。こんどはどこに行ったの。もっと話を聞かせてよ」

みんながせがむと今日に限って彼女はさびしげに口をつぐみました。

「どうしたの。いつもは両手にあふれるほどの話をしてくれるのに、いったいどうしたの」

みんなが心配そうにメルーサ・ルウの顔をのぞきこみました。いつもは桜色のくちびるも今日は心なしか青白いのです。メルーサ・ルウは一つ一つの言葉を辿るように話しはじめました。

「もう、お別れしなきゃならないの。私はやさしいつぶやきとひそやかな思い出とき

よらかな夢と涙の泉から生まれたわ。けれど、いつのまにかこの星からそれらが忘れられはじめた」

古い電柱がせきを切って言いました。

「だから、わしら忘れかけられた者たちが身をよせあって、こんな夜のまん中でいっときのやすらぎを得ているのではありませんか」

メルーサ・ルウは悲しげに言いました。

「ええ、でも全て忘れ去られる時がきたのです。やさしいつぶやきもひそやかな思い出もきよらかな夢も涙の泉も……。だから私は行かなくてはなりません」

メルーサ・ルウの体がほんの少しずつ透きとおりはじめ、まとった衣が羽根のように広がり体がスウッと星のほうへ持ちあげられていきました。突然、古い電柱が叫びました。

「行かないで、メルーサ・ルウ」

ゆうれいもはがれかけたポスターもちぎれた本のページもつかれきった足音もみんな口々に叫びました。

その晩、一つの青い星のまわりがまるでりんごの皮のようにクルクルはがれると星のかなたに長く美しい帯となってきよらかな歌声とともに消えていきました。

夜のとばりに窓を開けば
私がいるわ、だから忘れないで……

アンモナイト・ショック

電話が鳴る。

「もしもし」

受話器は何も答えず、ただ、サラサラと水の流れるような音ばかり残して、一分きっかりで切れてしまった。

窓を開ければ、その日は暑いばかりか、ほこりっぽい町の臭気がいくつも重なりあうようにしておしよせてくる。

「目を細めてさ、こうやって見るとうすよごれた町も、だんだん、透きとおった水の底みたいに見えるよ。ヒロもやってみな」

ヒロはふふんと鼻先で笑って、手に持っていた数学の教科書を乱暴にほうりなげた。

「ああ、やめた、やめた。勉強なんかくそくらえ。おい、カズ、出かけようぜ」

とびだしたヒロを追ってカズもおっくうそうに眼鏡をかけながら、強い日ざしの中におどりでた。

夏の終わりの町は、時おりゆうれいのようにたちのぼるかげろうにも似て何もかも心もとなく目に映る。

老人がつぶやきながら歩いてくる。

「ああ、変わりましたね。このへんも。私が子どものころは一面に緑でとんぼが群れとんでいたものだが、今は草一本はえる場所もないとは……」

誰に言うともなくつぶやいて、少しさびしそうに二人の横を通りすぎた。

「とんぼもこのありさまじゃな」

ひびわれたコンクリートをつたった水たまりに羽根の折れたとんぼが落ちてもがいていた。カズはそっとつまみあげた。

「飛べるかな」

「うん、でも、ここに放しても死んでしまうよ。もう少しましなところに逃がしてやろう」

するとと、とんぼはスッと手を離れてヨロヨロ飛びだした。

「おい、待て。ここじゃまずいよ」

二人はとんぼを見失うまいと追いかけた。横丁の路地にはいったところで二人とも足がとまった。

「あれ、おかしいな。このへん、こんなに草がはえていたかな」

「この前、通った時はこんなじゃなかったけど」

その時、ひとかたまりの草がザワザワと風もないのに動いた。ヒロもカズもギョッとした。それは目だ。何百というとんぼの目が息を潜めるようにして、じっとこっちを見ている。

「なんで、こんなに」

とんぼは、一斉に目をぐるりとまわすと二人の頭すれすれにパッと空に飛び立った。

二人とも思わずよろけて草むらにしりもちをついた。空を見あげたヒロがとんぼの飛び去るほうを指さした。

「おい、見てみろ、あの空！」

たしかに雲一つない青空だった。しかし一部分だけが、まるでおり紙を切りぬいたようにくっきりと鮮明な青で、まわりの灰色がかった青とはまるでちがった。

「おれたちの乱視もひどくなったな」

二人は笑いながら広い通りに出た。

近所のおばさん連中がペチャクチャ話しながら通りすぎる。

「昨日、ラジオを聞いていたらね。急に音がとぎれちゃって。ピチャピチャ水がはねるような音が、しばらくつづいたのよ」

「あら、うちのテレビの画面も音も消えたわよ。ヒュウヒュウと風の音ばかり。変ね」

ヒロとカズはわざとそこらへんの水たまりをとびこえた。水しぶきがおばさんの足にかかると、

「今どきの中学生はかわいげがないわね」

と言わんばかりにそそくさと行ってしまった。

「おい、見ろよ」

ヒロがすっとんきょうな声をあげた。

「水たまりに何かいる！」

カズはあわてて眼鏡をかけなおすと、水たまりに顔をつけるようにして中をのぞきこんだ。思いがけなく水の中に浮く、長くのびた海草みたいなものがゆらいでいる。その間を、細いたくさんの足をなびかせて泳いでいるものが見えた。その頭についているグルグル巻きの模様に二人は見覚えがあった。とっさに名前がひらめく。それも決してそこらに存在しえないものの名前が……。

「アンモナイトだ」

まき貝の中からイカにも似た体をだしたりひっこめたりするさまは、まさしく、ついこの前、学校で見たアンモナイト。あの何億年も前の古代生物そのものだった。

次の瞬間、一台の車が水たまりをけちらして、ただの泥水に変えてしまった。

「おまえ、見たか」

「うん、たしかに」

すみきった空気が二人の髪をなでた。

「やけに空がきれいだな。いつも排気ガスでぼやけて、めったなことじゃあ、この町の汚れた空気は追っぱらえないのに」

　空はさっきより濃い青色の部分を広げていった。

「とにかく、となり町のテツオのところへ電話しよう。あいつ、自然科学にはくわしいからな」

　急いで、二人はカズの家にとってかえし、となり町の友だちに電話した。ところが受話器をとる気配があっても、誰も答えない。ただサヤサヤと草の揺れるような音がするだけだった。しかたがないので、二人は自転車にとびのると、となり町に急いだ。途中、雨も降らないのに水たまりがばかにあちらこちらにふえていた。

　となり町との境の丘に立った時だった。

　二人は仰天《ぎょうてん》した。となり町の家という家は大洪水のあとのようにすっかり水につかっている。しかし、その後もっと恐ろしいことがおこった。突然、地面がズズとすごい地響きをたてると、町はまるで砂の城のように一瞬にして水の中に沈んでしまったのだった。

　見えるものは、今となっては果てしない水の広がりだけ。もと家々があったあたりに無数の黒い点が散らばりながらうきあがり、次にはピチャピチャと音をたてて群れとなって、そいつがこちらに向かってきた。

「アンモナイトだ。アンモナイトの大群だ！」

「ひきかえせ！」

青い顔をしてヒロが叫んだ。水たまりはさっきよりもずっとふえていた。それにいつのまにかそこらじゅうに巨大なシダ類が茂りはじめていた。

「自然の逆襲かな」

「ハハッ、本来あるべき空間が不自然な空間を食い殺《ころ》そうとしているのさ」

弱々しく笑っている二人の声は最後には、キーンと糸をはるように緊張した。

いつのまにか夕やみがせまり、空には星がまたたきはじめた。空気が急速に浄化されたために今まで見たことのない星もハッキリ見えた。まるで地上に光が降っているようだ。

「おい、息苦しいな」

まわりの人々はみんな肩でハァハァ息をしながらぐったり道ばたにすわりこんでい

た。

「空気が濃いのかな。今まですっかり汚い空気に慣れきっていたから」

町中の灯りは消え、人工の音は全て聞こえなくなった。

少しずつ、原始の海が広がってくる。風がサワサワとなった。

「もう秋だな」

ヒロがポツンとつぶやいた。

さて、そこから何万キロも離れた場所で真夜中に電話が鳴った。受話器は何も答えず、ただ、サラサラと水の流れるような音ばかりが、いつまでもいつまでもつづいていた。

海辺の町から

花びらが、風にフッと揺れた……

思いだす⁉　そんなもんじゃない
遠く、すぎさったものでもない
白い額の中に小さくおさまってしまった感傷でもない

それは、もっとみずみずしく
むせるような香りを放つものだ
それは、体の中を脈々と流れる
私の愛すべき心の一部分だ

海鳴りと風の精がすむ
私の思い出……

(一) 夏

麦わら帽子をひょいと持ちあげた風に、まゆ子は、ふいうちをくらったように、白いホームに立ちつくした。かげろうがユラユラたちのぼる。はじめてなのに、なぜか、なつかしい海の香りが、鼻先をくすぐった時には、もう、まゆ子はかけだしていた。

ひまわりに囲まれた小さな駅をあとに、十歳になったばかりの少女は、吹きすぎる風に話しかけるように、小さく一人言を言った。

「とうとう、やってきたのね。私……」

新しい町にやってくるのは、これがはじめてではない。まゆ子の生まれたところは雪国だけれど、父さんの仕事の都合で、同じところに二年といたことはないのだ。山奥の町、湖の近くの町、それに今までいたところはやたら、車と人の多い、ジャム工場のにおいがプンプンする大きな町だ。それにくらべればずいぶんとちっぽけな町。でも、とうとう、やってきたという感じなのだ。

夏の午後の道はひっそりと静まりかえり、人影すらも見えない。それでも、道ばたに咲いた、赤や白の小さな花々が潮風になびきながら、ひっきりなしにユラユラ揺れている。

「母さん、あれが新しいうち?」

荷物を両手に持った、まゆ子の母さんがにっこりうなずくと、その肩ごしにピンク色の大きなタチアオイに囲まれた小さな家が見えた。町はずれの大きな地蔵様の先の細い道にはいったところにある平屋づくりのちっぽけな家は、まっ赤なカンナや色とりどりのおしろい花の中で、まゆ子を見て笑ったような気がした。

――気にいった――

くるりと白いワンピースのすそをひるがえして、まゆ子はとびはねるようにかけだした。

家の中の窓を開け放つと、どこからか波の音が聞こえてきた。

「ねえ、父さんはまだなの？」

まゆ子が聞くと、

「お父さんはね、新しくつとめる病院にごあいさつをしてから、いらっしゃるわ」

母さんが答えると、まゆ子はホォーッとため息をついた。

——どうせ、今日だって遅くなるに決まってる。

まゆ子の父さんは医者だ。だから、やれ、交通事故だ、盲腸だと、夜中であろうが、お正月だろうが、まゆ子の誕生日であろうが、おかまいなしに呼びだされる。夕ごはんなど、いっしょに食べられるのは一ヶ月に一回あればいいほうだ。今日だって、手術の一つもして夜遅く帰ってくるにちがいない。それでも夜、父さんが、にこにこしながら、

「今日、手術した患者さんは、どうにか助かりそうだよ」

と言うと、まゆ子もホッとして大きくうなずいてしまう。反対に、患者さんの病状が思わしくなくて、苦しそうにお酒を飲んでいる父さんの横顔を見ると、まゆ子の胸

もおしつぶされたように重くなってしまう。口では強いことを言っても、家に帰っても四六時中、仕事のことや、患者さんのことが頭から離れない。

そんな気弱なくらいやさしい父親の性格をまゆ子はよく知っている。だから、まゆ子は言ったことがない。いや、言えないのだ。

「はやく、帰ってきてよ」

なんて……。

窓から、誰かが、ひょいと顔をのぞかせた。そして、いきなりバッチリ目があってしまった。日に焼けたまゆ子と同じくらいの男の子だ。あまりにも突然のことに何を言おうか、もじもじしているまゆ子に向かって、なんとその男の子は、大きく舌を出して、

「アッカンベー！」

とやったのだ。たちまち、頭に血がのぼるのがまゆ子は自分でもよくわかった。

「このまゆ子さまに向かって、あかんべとはどこのどいつだ！」

カッとなると、つい、男のような言葉になってしまうのは、まゆ子の悪いくせだ。

「まゆ子！　なんてことを‼」

後ろで叫んでいる母さんを背に、その男の子を追いかけて、まゆ子は家をとびだした。家のうらは、小さな丘になっていて、そのゆるい坂を男の子は一気にかけのぼっていく。

「えい！」

腹立ちまぎれに手に持っていた小さな鉛筆けずりを投げつけると、確かにコツンと手ごたえがあり、

「いてっ！」

と、かすかな声がした。だけど、姿は、夜を待ちきれずにつぼみをほころばせはじめた月見草の中で消えてしまった。

「もう、まったく！」

いつのまにかあがってきてしまった月見草の丘の先には松林が広がり、その枝がザワザワと風になびくと、いっそう、強い潮の香りがまゆ子の体をフワッとつつみこんだ。誘われるように、一歩、二歩進み、急に松林がひらけたかと思うと、まゆ子は、

「あっ！」

と目を見はった。突然、目の前にいっぱい広がった深いまでに澄んだ海の青さが、まゆ子の髪を、目を、胸を、手足を、矢のようにつきぬけたかと思うと、まゆ子が生まれてから、この海に出会うまでの全ての時間をとりかえし、埋めつくすかのように、せいいっぱいの輝きをちりばめながら、白い波をとどろかせた。そして、この時、今まで心の奥深く閉ざされていた一つの白い窓が一斉に、開けはなたれ、まゆ子の心のすみずみまでが、みずみずしくふくらんでいくのがわかった。

まゆ子は、何か大声で叫びたかった。そして、キラキラ光る砂を力いっぱいけって、海に向かって、走りだした。今、まゆ子は、あの水平線まで走っていけるような気がした。


ゆっくりと、薄黄色の花びらを開かせはじめた月見草の丘をおりていくと、

「さっきはごめん。これ、かえしておくよ」

鉛筆けずりをポンと渡して、かけていったのはさっきの男の子だった。名をたかし

と言った。

夜、父さんが帰ってきたのは、やっぱり遅かった。もう、ふとんにもぐりこんでしまったまゆ子の枕もとにすわると、横顔に漂《ただよ》う疲れを打ちけすように、明るい口調で言った。

「新しい町は気にいったかい」

まゆ子はコクンとうなずいた。頭をなでる父さんの手は、たばこと消毒薬のにおいがした。

(二)　秋

海辺の秋は急にやってくる。それというのも、夏の間、海水浴にやってきた大勢の人々が去り、砂浜に立ち並んだ、海の家もいっぺんに姿を消してしまうからだ。秋の風が吹きぬけるごとに、海は微妙に色を変えていく。夏の光り輝くようなまぶしさのかわりに、空の高さと同じぐらいに、深く澄んで、奥深くすいこまれるような藍色がかった青に変化するのだ。力強かった波の音も、今はなぜか、やさしげに聞こえる。

新しい学校にもすぐに慣れ、まゆ子には仲のいい友だちもできはじめた。たかしは、まゆ子の家のすぐ、はす向かいに住んでいて、たかしのお父さんは、骨つぎの小さな診療所をやっている。体はガッシリしているが、頭がツルンとはげていて、やさしく気の好い人だ。最初は家の中に、猿のがい骨なんかが飾ってあって、ギョッとしたが、まゆ子はこのおじさんがすっかり好きになった。花が好きらしく、庭中すき間がないくらいさまざまな花に埋めつくされていた。そして、せっせとまゆ子の家にもバラだの、マーガレットだのを植えてくれるのだ。それにくらべて、たかしとははじめて会った日から、けんかばかり。年が一つくらい上なだけで、

「だから、おまえは子どもなんだ」

とすぐ、いばる。そして、会えば、

「やい、馬のしっぽ」

とか、

「この男女！」

とか、まともな呼び方をせず　気にさわることばかり言う。だから、まゆ子もつい、

「たかしのバカ！」

とか、

「たかしの祖先は、マントヒヒ。おしりはまっ赤っか」

などと言ってしまい、

「女のくせになんてことを！」

と母さんに、あとでこっぴどくしかられてしまうのだ。そのくせ、たかしはまゆ子の母さんの前では、いい子ぶるので、けっこう信用されているみたいだし、友だちや小さい子にも不思議と人気があった。弱いものいじめをしている子たちに、たった一人でも毅然とたち向かっていく姿には、つい感心してしまうのだが、たかしと目がまともにあうと、すぐ恒例の、

「子どものくせに」

「たかしのバカ！」

てな具合になってしまうのだ。

海につづく丘は、すっかり、野ぶどうの青や赤紫の色におおわれている。砂浜の前にそそり立つ堤防にこしかけている人影に向かって、まゆ子は手をいっぱいにふって、

「いくちゃーん」

と呼びかけた。

いくちゃんは、やっぱり、まゆ子より一つ上だが、たかしなんかより、スッと背が高くずいぶん大人びて見えた。ちょっと日本人ばなれした彫りの深い顔立ちと、茶色の細く長い髪の毛を持ついくちゃんは、海のすぐきわの、風が吹きっさらしの小さな丘にたつ粗末な小屋のような家に、お父さんと二人きりで住んでいた。いくちゃんはやさしかった。それに、いつも、

「まゆちゃんのお父さん、お医者さんだなんてすごいね」

とほめてくれるのだ。だから、つい調子にのって、今日もまゆ子は、

「昨日、父さんお給料もらったの。すごくたくさん。いくちゃんとこも、もらった?」

などと聞いてしまったのだった。いくちゃんはさびしそうに笑うと、

「うちんとこは、一日、五百円……。雨の日はもらえないんだ」

とポツリと言った。まゆ子は、いくちゃんの家の壁にフライパンだの、なべだの、のこぎりだのがゴチャゴチャにかかっている様子を思いだした。そして、こんなことを聞いた自分が恥ずかしくて、泣きたくなった。そんなまゆ子の気持ちを察してか、いくちゃんはまゆ子の肩をポンとたたくと、明るい声で、

「ね、ここから、とびおりようか。どっちが遠くまで飛べるか、きょーそう!」

と言った。堤防の上からとびおりながら、まゆ子は、心の中で、

――いくちゃん、ごめん――

と叫んでいた。

このごろ、まゆ子は夜中に海鳴りの音が妙に耳について、眠れなかったりする。昼の穏やかな顔とうらはらに、秋の夜の海は、心の中に深く沈みこませたさびしさに耐えかねて泣いているような気がするからだ。目はつぶっていても、暗い海の波しぶきが、まゆ子の髪をぬらし、いつのまにか、星あかり一つない波間をどこまでも流されていくようで、思わず、ふとんのはじをギュッとにぎりしめてしまうのだ。

まゆ子の父さんは、このごろお酒をたくさん飲むことが多かった。もともと、きまじめで、自分の医者という仕事に対して、ちょっとの妥協もできない人で、ふつうの人だったら、まあ、いいさと自分に言い聞かせて忘れてしまえるささいな過ちでも、自分自身を責めぬいてしまうような融通のなさを持っていた。かといって、そのまま、心の重みに耐えぬけない気弱さがあったので、その逃げ場をお酒に求めることが多かった。

それが、特に目立ちはじめたのは、まだ、残暑の残る秋のはじめだった。町の中学校のこの夏、最後の水泳の授業で、校長先生が海のとびこみ台から、とびこみの模範演技をして見せた時だった。運悪く、とびこみの角度が深すぎたのと、思ったより、潮がひいていたのとで、海底に頭をぶつけ、首の骨を折ってしまったのだ。

急いでかけつけたまゆ子の父さんは、すぐにでも病院に運び、処置するべきだと訴えた。しかし、こんな時は動かさないのが一番だと信じきっている、地元の人たちの強い反対にあい、そうこうしているうちに、校長先生は砂浜で息をひきとってしまったのだった。口惜しいことに、それがまゆ子の父さんの責任にされてしまったのだ。

いや、父さんの心を打ちのめしたのは、そんなことではなかった。あの時、どうして、まわりの人をはらいのけてでも、校長先生を運んでしまわなかったのか、最新の医学を大学で学んだ自分には、命を助ける可能性はあったはずだ。ほんの少しの躊躇が、一人の人間を死なせてしまった。あと十分はやければ、いや、五分でもよかった。……そんな自分に対する責めだった。それに加えて、封建的な病院長のやり方と、最先端の大学病院で学んだ医学を率先しようとする、まゆ子の父さんのやり方は衝突することが多かった。

今日も、たまの休日だというのに、父さんは朝から、もともと好きではないお酒を苦虫をかみつぶしたような顔で飲んでいた。隣の部屋で、本を読んでいたまゆ子の耳にガチャーンという音が響いた。しばらくして、母さんが涙声で、

「お父さん、お願いですから、もう、お酒はやめてください」

というのが聞こえた。恐る恐る、まゆ子が茶の間に行ってみると、ちゃぶ台はひっくり返され、仁王立ちになった父さんが、すすり泣いている母さんに向かってどなっていた。

「おまえなんかにおれの気持ちがわかってたまるか！　こんな家は出ていってやる！」

父さんは、フラフラとよろめきながら、玄関の戸を荒々しく閉めていってしまった。

まゆ子は、しばらく、その場に立ちつくしていたが、

「父さん！」

と叫ぶと、あわててあとを追いかけた。秋風の吹く丘をこえて、海に出てみると、暮れかけた砂浜に腰をおろし、父さんはぼんやり海を見ていた。

「父さん……」

背中ごしにそっと声をかけると、父さんはふりかえらないで、ポツリと言った。

「悪いけれど、一人にしておいてくれないか。ごめんよ、……まゆ子」

まゆ子はハッとした。夕陽で赤く染まった父さんの横顔に、ひとすじ頬を伝う涙があった。

――みんな、みんな、悲しいんだ。父さんも　母さんも。でも、私はどうしたらいいんだろう。父さんも母さんも好きなのに、好きなのに……――

まゆ子は、自分だけにふりかかってくる悲しみのほうがいくらかましだと思った。

愛する人たちの悲しみをただ黙って見ているほど、つらいことはないと思った。心がちぎれるように痛い、胸の中がキリキリと音をたてながら、おしつぶされていく気がした。まゆ子の耳に、夜中に聞いたあの暗い海鳴りが、ゴォーゴォーと響きわたった。

(三) 冬

海ぞいの町にはめずらしく、雪の多い年だった。灰色に荒れ狂う海に際限なくのみこまれる白い雪を見ていると、時の流れがそのまま永久に凍りついたような錯覚におそわれる。

まゆ子の父さんは、雪が降る前ぶれの白い雪虫が舞ったころ、特急でも二、三時間ほど離れた大きな町の病院に入院した。体にあわないお酒を無理やり飲みつづけたのと、いろいろな神経の疲れで、すっかり体の調子をくずしてしまったからだった。見舞いに行く母さんにまゆ子はついていこうとしなかった。そんな父さんの姿は見たくなかった。

「おーい。まゆ。海に行かないか。みんな、待ってるぜ」

たかしが呼びにきた。あの秋の日から、まゆ子は家の中で、自分だけは涙を見せまいとちかった。まゆ子までも泣いてしまったら、全てがくずれてしまいそうだったからだ。それでも、時々、父さんと母さんが言い争う声に耐えられず、心の線が切れそうになって、思わず、家をとびだし、浜辺をさまよったりした。そんな時、声をかけてくれたのがたかしだった。

「どうしたんだ。まゆ」

おさえていたものが、あふれだし、たかしの目の前で、こらえきれずにまゆ子は泣いてしまった。たかしは、はじめ、びっくりしたようにまゆ子を見ていたが、小刻みに震える肩にそっと手をおくと、何もそれ以上は聞こうとはせず、まゆ子が泣きやむまで、砂浜を立ち去ろうとはしなかった。心の中は打ち明けられなくても、それ以来、たかしがそっと見守っていてくれるようで、まゆ子は心強かった。

海辺の町から

雪や寒さなんか、なんのその。海の子どもたちは、冬だって砂浜が最高の遊び場なのだ。荒れ狂う波に乗って、海のかなたから、さまざまなものが流れつき、たちまち冒けんの国となる。いろいろな形の流木、海藻、壊れたボート、傘や長ぐつ、バケツなんかまで浜に打ちあげられる。たかしたち男の子は、海賊ごっこに夢中になっている。まゆ子やいくちゃんたち女の子は、波にあらわれて宝石のようになったガラスだの、夏の間、砂に埋もれて誰にもひろわれないでいた美しい色の紅貝や桜貝を集めてまわるのだ。

夜、ひろいあつめた、貝やガラス玉を小さなびんに入れて、灯りに透かしながら、母さんに昼間のできごとをおもしろおかしく聞かせていると、父さんのいないさびしさも忘れ、まゆ子の家にもほがらかな笑い声が響きわたるのだった。

(四) 春

待ちに待った春がやってきた。丘は菜の花に色どられ、海はたった今生まれたばかりの子どものようにイキイキとしはじめる。風は和らぎ、穏やかすぎるほどの波の音が眠気を誘うぐらい、誰の耳にも心地よく響いてくる。病院での父さんの体も安定し、母さんの顔にも明るさがもどってきた。家の中にも春の精がおすそわけをしてくれたようで、まゆ子はうれしかった。

この町は海ぎわといっても、ちょっと奥にはいれば低い小山が連なり、そのすそには小さな畑が点々と散らばっていた。ムッとするような土の香りの中、れんげ畑を通りぬけ、おたまじゃくしのたまごがギッシリ連なっている小川をとびこえ、泉がわきでる山のすぐそばまでやってくると、いくちゃんは、バッと大きなビニール袋を広げた。そして、たかしに向かって、

「たかちゃん、頼むね。今日は大事な運び役なんだから」

と言った。たかしは舌うちしながら、

「ちぇっ、ちょっと宿題教えてもらっただけで、女のおままごとにつきあわされるんじゃわりがあわないや！」

とぶつくさ言っている。そんなたかしを見てまゆ子やいくちゃんや他の女の子はク

スクス笑った。

「さあて、はじめよう！」

女の子たちはワァーと声をあげて、むせるような花の香りの中にとびこんでいった。見わたす限り、ヒヤシンスの花、花、花。赤、青、紫、白、ピンク。さまざまな色の小さな花がほろほろとこぼれ落ち、あたり一面、花のじゅうたんと化している。

「ほら、根っこのほうをふんじゃだめ！」

この花も、あと数日ですっかりかたづけられてしまう。それというのも、この畑はヒヤシンスの球根を作るためのものだからだ。女の子たちは、ひとすくいごとに香りを楽しみながら、ヒヤシンスなど可憐な花を袋につめていく。

「花の精になったみたい。ね、たかちゃん」

まゆ子がとびはねながら叫ぶと、たかしはやれやれといったような顔をして、その様子をながめている。そろそろ、大きな袋の中も、ギッシリ、ヒヤシンスの花でいっぱいになった。ずっしり重い袋をかついでいくのは、たかしの役目だ。

「約束だから仕方ないわよ！」

キャアキャア言いながら。うかれて歩く女の子の後ろをたかしは、ブツブツ言いながらよっこらよっこら歩いてくる。まゆ子は思わず、プッと吹きだしてしまった。

まゆ子の家の前の少し広くなったところへ花ござをしき、その上にドサッと花をまき散らすと、みんな、たちまち、

「何を作ろう」

「私は冠」

「私は花かご！」

と、思い思いにこの春の贈りものを楽しむのだ。まゆ子は家から、糸と針を持ってきて、首飾りを作りだした。赤、青、紫、白、ピンク、丹念に順序よく花を糸に通していく。長く美しい首飾りもできあがり、最後の仕上げをしている時だった。

「まゆ子」

誰かが、まゆ子の名を呼んだ。たしかめるのがこわくて、もし空耳だったらどうしようとまゆ子は、ふり向きもせず、じっとしていた。

「まゆ子！」

こんどはハッキリ聞こえた。そうだ。あの声。

「父さん！」

そう叫んで、走り出ようとしたまゆ子の目の前に、なつかしい父さんの顔があった。少しやせたが元気な父さんの顔だ。そばで母さんが、にこにこして立っている。

「お父さんは、もう、すっかりよくなられたの。お父さんたら、まゆ子に一日でもはやく会いたくて、いっしょうけんめいがんばったんですって」

父さんは少し恥ずかしそうにまゆ子の頭をなでると、

「まゆ子、ただいま」

と言った。まゆ子は、もう胸がつまって何も言えない。とぎれとぎれにやっとのことで、

「父さん、おかえりなさい」

と言うと、ポロポロと涙が流れてきてとまらない。ヒヤシンスで作った首飾りを父さんの首にまゆ子がかけると、たけしやいくちゃんたちが一斉に、

「まゆちゃんのお父さん、おかえりなさい！」

「おかえりなさい」

と言って、パアッとヒヤシンスの花びらをまゆ子たちの頭にふりかけた。いつのまにかたかしのうちのおじさんや、近所の大人の人たちも集まってきた。

「先生、おかえりなさい」

「よかったな、先生」

「先生が帰られるまで、わしゃあ、盲腸とるの、待ってたんだわ。明日にでもお願いしますよ」

ワァッと笑い声がこだました。ハラハラとこぼれ散る花びらの中で　父さんの瞳も母さんの瞳も、青い海のようにキラキラと輝いていた。そして、まゆ子の心の中にも、海のやさしい潮風がどっと流れこんでくるのがわかった。

(五)　再び、夏

父さんも町の病院で、元気に診察をはじめ、まゆ子が、ここに来て二度目の夏がめぐってきた。ところが、七月にはいって思いもかけず大学病院のほうからもどるようにと言ってきたのだ。もうしばらくは大学のほうで診察にあたってほしいとのことだった。こんなことは慣れているはずのまゆ子だった。父さんにとって大学病院のほうが肌にあっていることもまゆ子は知っていた。いや、たとえ、まゆ子が無理を言って残りたいと言っても、父さんの力ではどうしようもないことはわかりきっていた。だけど、まゆ子はショックだった。今までに、こんな思いはしたことがなかった。こんな悲しい別れをしなければならないのなら、いっそ、はじめから、この海の町に来なければよかったとさえ思った。

そして、八月になり、とうとう、この町と別れる時がやってきた。この町を発つ前の晩たかしの父さんたちが、ささやかな送別会を開いてくれた。みんな、まゆ子たちが行ってしまうのを悲しんだ。

酒に酔って、

「先生、お願いだから、この町に残って、私らの体、見てくださいよ」

と泣きながら言うものもいた。縁台にこしかけていたまゆ子にたかしは、

「まゆ、海に行ってみようか」

と声をかけた。まゆ子は小さくうなずいた。

星あかりのきれいな晩だった。今日はお盆で、燈籠《とうろう》流しの行われる晩だ。ひんやりと冷たい砂の上に腰をおろすと　湾になっている岸のあちらこちらに小さな火がともり、音もなく、海の上にすべりでた。ユラユラとたくさんのほのかな燈りを黒々とした夜の波間に落として、燈籠は、この世に帰ってきた魂を再び、あの世に送り返すという。

「きれいだね」

まゆ子がつぶやくと、たかしもうなずいた。

「人間って、生きている間につらいことや悲しいことがあっても、いつかはああやって、きれいな燈りに照らされて静かな海にかえっていくことができるんだね」

まゆ子は遠くなっていく燈籠を見つめながら言った。

「海はおれたちのうれしい時も悲しい時もみんな知っている。そして、どんなめちゃめちゃになった心だって大きな胸に受け入れてくれる。だから、まゆ。何かでくじけそうになった時、海を思い出せ。海の広さを思い出せ」

たかしが小さな石を波間に投げると、漂う燈りの中で、一瞬、まゆ子は海にやさしく包まれたような気がした。


駅のホームに立ったまゆ子たちに、町の人たちが口々にお別れの言葉を言う。みんな、お別れにといろいろなものをまゆ子に手渡した。いくちゃんは、まゆ子が大好きな海色の矢車草を両手いっぱいかかえて、まゆ子に渡した。たかしは、もう、とうとう汽車の発車時刻になって、はじめてかけより、黙って、まゆ子の手のひらに透きとおったピンク色の桜貝をそっとおいた。

「まゆ、また、いつか、もどってこいよな」

たかしの瞳はたしかにそう言っていた。

「皆さん、お世話になりました」

父さんがそう言い終えると、発車のベルがなりだした。まゆ子は汽車の窓から、身をのりだすように大きく手をふった。そして、汽車が動きだすと、椅子にすわり、そっと目を閉じた。今、潮風はまゆ子の胸の中を吹いていた。そして、あの青い海はまゆ子の心の中にあった。海はどこまでもどこまでも広がり、まゆ子の心を透きとおるような青にそめあげていった。

青いメビウスの輪

――冬の日のイマジネーション――

朝

水色の光の中にいた。

風を反射させる鏡を持って、私は白い石でできた柱《はしら》ばかりの家の中で、目覚めるたくさんの音を聞いていた。

もう、とっくにあの子は起きていて、足を露でキラリと光らせながらかけている。

「見て！　空ができるよ」

本当に地面が少しずつ割れはじめ、スルスルと空がのぼっていく。

そして私たちは、手のひらからも細かい粒でできたたくさんの空を立ちのぼらせて、いくつもの柔らかなものが、まざりあっていく様子をじっと見ていた。

昼

柔らかなものは、みんなとけてしまった。流れる先は崖になっていて、暗い甘いにおいがするつぼにみんなすいこまれる。

つぼはそのたび割れているけれど誰もそれに気づかない。

あの子は少しすねながら、そのかけらをひろいあつめ、あちこちに蜜《みつ》色によどんだため息まじりの思いを半分眠そうに塗っては、丹念にはりつけていく。

私は自分の後ろに灯《とも》っている薄暗い火をあの子といっしょになげいれた。

「燃えているわ。あんなにきれいに」

炎の中で白い陶器のような橋だけが冷たくじっとこちらを見つめている。

私は目をふせたまま、ひと時、陽炎といっしょにゆらめいていた。

夜

橋はゆるやかな流れの霧でできていた。

あの子はその橋がいつか氷砂糖のような無数の光をおび、空に飛び立つのを見たいと言う。

私もあの子も今だけは年を自由に変えることができる。誰だってそう。終わりのないメビウスの輪の中で、時を告げない永遠という名のかっこう鳥をひっそりかくまっている。

「誕生日は?」

私はあの子に聞いた。

「りんごの実るころに」

橋はりんごの柔い枝でできていた。りんごは赤く実るとすぐに灰色になって沈んでいった。

あの子はそれを細い糸に紡いでスルスルと編んでいく。やがて指先から、りんごのように赤い川が流れ、橋の下をすべるように走っていった。

「橋はいつか飛んでいけるかしら」

あの子は聞いた。

「そうそう、ブランデーが少しあるといい、冷えた頬を暖めるために」

私はわざと何気ないふりをした。

三つの砂糖菓子にブランデーの炎がチラチラ燃えて、私とあの子はしばらく黙っていた。

鐘《かね》がどこかで鳴ると川の流れの底からも鐘《かね》の音が鳴り、二つに分かれて共鳴した。その響きの中であの子は祈る方角を見つけようとしていた。私はかじかんだ小さな手をギュッとにぎりしめた。

橋は祈りの唄を知っていたから、重たげなまぶたをゆっくり開いて私たちを見た。やがて白い粉雪が私たちの足もとから舞い上がると、橋は大きな翼《つばさ》を川の底から軽々とひきあげ、身づくろいをはじめる。

あの子は息をのんだまま身動きもしない。

「飛ぶわ、橋が！」

赤いりんごはころがり、砂糖菓子はくずれ、鐘《かね》は水になり、私たちと橋の影になる。

橋は無限の夢からさめて、翼《つばさ》をはばたかせ舞い上がった。

私とあの子のちょうど真上に……。

冬の夜、娘と私のひと時
小さな寝息の中に見たイマジネーション

ルルメリー

ルルメリーはおりこうさんです。
パパは英語の先生、ママはピアニスト。
だから、いつでもテストは百点。
絵だってとても上手。誰もルルメリーにはかないません。
だから、ルルメリーは日曜日がキライ！
学校も図書館もお休みですもの。
ところがある土曜の夜のことでした。
時計は十時ちょうどにボーンとなりました。
「ルルメリー」
と小さな声がしました。

ルルメリーが顔を上げても誰もいません。

「ルルメリー」

また声がします。

あら、まあ！　足もとで何かもぞもぞ動いています。

「私を呼ぶのはだーれ」

「ぼくさ、ぼくだよ。日曜日だよ」

ルルメリーの足もとに小さな赤い帽子の小人がチョコンと立っているではありませんか。

「まあ、そんなことってあるかしら。小人が出てくるおとぎ話は本当に知らないのよ。それに今日は日曜日じゃないわ。まだ、土曜日は二時間もあるのよ」

すると、小さな小人は悲しそうに言いました。

「おお！　ルルメリー。そんなにぼくたちをきらわないで」

ルルメリーは雨降りがきらい……。

ルルメリーはサーカスがきらい……。

「ぼんやり考えごとをするのは好きじゃないわ。雨の日なんて退屈なだけよ」

「鳥のまねをして空にとびあがることがそんなにステキなこと？　手品師のハトが最初からかくれていることは知っててみんな驚いたふりをするのはなぜ？」

そして、ルルメリーは日曜日がきらい。

算数の宿題もでないから。

「どうして、みんなは日曜日を心待ちにするの？」

「日曜日は図書館、学校、算数も音楽もほうりなげて」

「木のぼりをしたり、ビー玉を宝物に見立てて探検ごっこをするのがそんなに大切なことかしら。キチンとすわって詩を朗読することより……」

ルルメリーがやってきます。ツンとした栗毛色の髪をキチンとみつあみにして。しわ一つないスカートにまっ白なソックス。

手には字がギッシリつまった本とノート。

ルルメリーの足もまっすぐ。

ルルメリーの青い瞳にまどろみは——ない。無駄なことはきらい。

だから気ままで自由で。

そして、ちっちゃな小人をにらみつけました。

「私はルルメリーよ。クッキーなんかじゃない！　ただの人間のルルメリーよ。それにそこにいるのは、えーとなんだっけ。そう、日曜日」

そう言いながら、ふと気づくと、そばの木のりんごが、雨音にあわせて歌っています。

「へたくそな歌が半音下がっているわ。それにしても本当に嫌な雨」

すると、りんごたちはがっくりしてポタポタ落っこちてしまいました。

「ルルメリー！　ひどいよ」

小人が叫びました。

ルルメリーは前を向いたまま言いました。

「変なところにつれてきてひどいのはどっちかしら」

こんどはたくさんのボールです。

サッカーのボールや野球のボールやビーチボールたちが人間の子どもたちをポンポンほうりなげているようです。子どもたちはキャッキャッ声を出して喜んでいます。

落ちてもいたくありません。

だって下はフワフワの大きなグローブですもの。

「ばかげているわ」

ルルメリーが言いました。

するとボールはパチパチわれ子どもたちはワーワー泣いてどこかに行ってしまいました。

「ルルメリー、ひどいよ」

小人が泣きそうになって言いました。

そこにチョコレートの王様がやってきました。

王様はとてもおこっていました。

「この無礼なものたちをひっとらえよ」

かわいそうに、ルルメリーと日曜日の小人はチョコレートの兵士たちに両腕をしっかりつかまれてしまいました。

王様はバタバタと足を動かして逃げようとする二人に向かって言いました。

「おのれ！　クッキー国のスパイめ。この国で最高に恐ろしい刑に処してやる」

それを聞いてまわりのチョコレートたちががたがたと震えだしました。

ああ……ほんとにほんとにかわいそうなルルメリー。日曜日につれてこられたばっかりに。

二人は何やら大きな池のようなものの上に宙づりにされました。

中には丸くて鈍く光るたくさんの色の粒がギッシリつまっています。

「ああ、恐ろしい」

「見ているだけでもゾッとする」

王様の手からもチョコレート色の冷やあせが吹きだしています。

ああ、もう最後です。この世の終わりです。神様……。

バッと綱がきられました。

ルルメリーも日曜日の小人も思わず目をつぶりました。

――ドスン――

「ワッ！」

目を開けてびっくり。なんとなんと池の中はチョコレートボンボンだらけ。どこにいってもチョコレートボンボン。

これが最高に恐ろしくざんこくで、歴史上まれに見るひどい刑なのでしょうか。

「いつもお母様には子どもはちょっぴりだけにしなさいって言われるけど、今日は特別よ」

ルルメリーは一粒のボンボンを口にほおばりました。

「おいしい！」

お砂糖とはちみつがひっくり返っているみたい。そのおいしいこと。口の中で虹がはじけているようです。

日曜日の小人も小踊りして目を輝かせました。

「ああ、おいしい！　ああ、おいしい！」

ルルメリーと小人は池の中のチョコレートボンボンをぜんぶたいらげてしまいまし

た。

王様もたくさんのチョコレートたちも口をあんぐり開けてその様子を見ていました。

そして、王様は突然、二人の前にひざまずきました。

「おそれいりました。どこのどなたか存じませんが、きっとえらいお菓子さまなのでしょう。まことにまことにご無礼をいたしました」

そう言ってペコペコあやまるではありませんか。

ルルメリーはちょっといばって言いました。

「それでは王様。私の言うことを聞いてくださいな。戦争をやめてくださいな」

王様は困ったように首をふりました。

「それだけは、おえらいあなた様のおおせでもできません」

ルルメリーが何か言おうとした時でした。

「クッキー国だ！　クッキー国の攻げきだ！」

チョコレートの兵士たちはバラバラと自分たちの配置に急ぎました。

チョコレートの王様は大声で叫びました。

「戦え！　戦え！　クッキーよりもチョコレートのほうがずっとおいしいことを思い知らせてやれ」

チョコレートの兵士たちは大砲にチョコレートの弾薬をつめてクッキー国の兵士めがけてうちました。

クッキー国も負けてはいません。

「チョコレートなんてやっつけろ！」

クッキーの矢がどんどんお城めがけて放たれます。

「キャッ」

小人のおしりをクッキーの矢がかすめていきました。

「チョコレートがおいしい！」

「クッキーがおいしい！」

もう、これではきりがありません。

「このままではまた、畑や川があらされてしまう。何かいいアイデアはないかしら？」

「ルルメリー！　今こそ君の力が必要だよ！」

「この戦争をやめさせることができるのは　君しかいないよ」

日曜日の小人は耳もとでささやきました。

ああ、困りました。はやく戦争をやめさせなくてはなりません。

たくさんのお菓子たちをたすけなければなりません。なのに頭に浮かんでくるのはむずかしい数学の公式とソネットの訳と地図帳たちです。

こんな時に一番大切なことを考えることができないなんて……。

ルルメリーは心から思いました。

「戦争をやめさせなければ
戦争をやめさせなければ」

するとどうでしょう。今までかたく組みあわさっていた知恵の輪がほどけたかのように、アイデアが頭にひらめきました。

ルルメリーは急いでチョコレートのお城の一番上までかけあがってみんなに向かって叫びました。

「みんな聞いてちょうだい！」

「チョコレートのみんな。クッキーのみんな、私はチョコレートよりもクッキーよりもずーっとずーっとおいしいものを知っているわ」

するとと今まで戦っていたチョコレートたちもクッキーたちもハッとしたように動きをとめ、ルルメリーの言葉に耳を傾けました。

ルルメリーは両手を広げて目を輝かせながら、世界中に響きわたるような声で、もう一度叫びました。


「それはチョコレートクッキーよ！」

チョコレートクッキーですって！

なんとハッピーなその響き。

なんてすてきなこのしゅんかん。

チョコレート国もクッキー国もみんな大砲もやりもすてて踊りだしました。

「チョコレートクッキー万才！　最高のお菓子ルルメリー万才！」

さあ、お祝いのパーティです。

ルルメリーと日曜日の小人を囲んでチョコレートの王様もクッキーの王様も兵士も……パイもペロペロキャンディもポップコーンもドロップもにこやかに踊りだします。

みんな口をそろえて歌いだしました。

そして、いつのまにかりんごの木もボールたちも木のようせいたちも踊りに加わりました。

「最高の日曜日！　ルルメリー！」

拝啓、二十歳の君に

螺旋階段の上に佇む君は少し投げやりに髪をかきあげる。
短い手紙の意味も知らず知らずのうちにユーカリだけが謡《うた》っている。
あんなに速くは走れないと……。
飲みほしたソーダ水の向こうに船は幻影もいざなっているのに。
真夜中に電話のベルがなる。
きっとそうだね。
めくりかけた詩集の一ページ目には君の名前は見つからないから。
受話器をはずして沈黙のまま流れる呪文のような愛の言葉は行き先を失っている。
心には午後のため息が残り香になって君の手を誘っている。
君の持っている二つの鍵は知らない街の交差点で見失ったまま、誰もいるはずのない坂道ではかない雪になってしまった。
君はくるしまぎれの嘘をつぶやく。
――あなたの心が変わってしまったの――
一瞬まばたく運命線の深さに驚いて君は宙を切って走りだす。
星の色も変わり果てて水の中に浮かんだほおずきみたい。
きっとね、水晶重ねた船のマストだけ。
離れてしまった二人の抜け殻をしまって水脈の底に眠っている。
赤い小さな手帳には君の名前うすくにじんで。
かなかなとなく鳥だけ肩にとまっている。
三歳の君。
揺れる電灯の下、寒さに頬を凍らせる。
十歳の君。
ミルク色のシャボン玉いくえにも巻いた髪のカールのようで。
青紫のコートは足先で宇宙に潜む魚みたいに……。

十三歳の君。

白いテニスコートのはじで泡のような息をはずませている。

十六歳の君。

味気ないコーヒーに異国の辞書の文字を砂糖菓子に見立ててふりかけている。

十八歳の君。

遠く絵の中の知らない恋人のつま先をぬらして。

紙しばいの紙細工はこの世の最後のモチーフ読み聞かせては君が眠りにつくのを待っている。

そして二十歳の君。

さかまく銀河の装いに心奪われて。

でも、一つだけ忘れたことがある。

あの日あった花がすみにはもう出会えないから。

柔らかな草《くさ》いきれの下で一人serenadeを奏でよう。

しずくの流れから再び生まれ出る君に託して。

そして終わりのない旅に出る。
そう……二十歳だった君へ。
時計はとまったままで。
君のシルエット飾って。

あとがき

この度、『透明と色のはざまで』に続く第二作目を刊行いたしました。

これはひとえに、文芸社の宮田さん、越前さん、イラストレーターのアベミサさん、また多くの皆様のお力によるものです。

私は石川県の金沢で生まれ、少女のころ、父の仕事の関係で若狭や能登など、北陸の海辺のいろいろな町に住んでいました。

今もその思い出は美しく色あせることはありません。

夢の中にはいつもさまざまな花が舞っています。そうして一つ一つの思い出は、やさしい微笑みで輝く星になります。

私の心の中にある言の葉が、皆様の心に届きますように。

そして、世界がいつの日か一つになり、平和の光に満ちますように。

根本　恵子

著者プロフィール
根本 恵子（ねもと けいこ）
1955年、石川県に生まれる。
都立三鷹高校、東京学芸大学を卒業。
東京都保谷市立泉小に３年間勤務する。
現在、千葉県に在住。
著書に『透明と色のはざまで』（2018年４月、文芸社）がある。

本文イラスト：アベミサ、株式会社i and d company

八月の宮殿

2020年７月15日　初版第１刷発行

著　者　根本 恵子
発行者　瓜谷 綱延
発行所　株式会社文芸社
〒160-0022　東京都新宿区新宿1－10－1
電話　03-5369-3060（代表）
03-5369-2299（販売）

印刷所　図書印刷株式会社

ISBN978-4-286-21746-8